鬧鬼
圖書館1

愛倫坡獎得主桃莉・希列斯塔・巴特勒作品

范雅婷 ◎ 譯

晨星出版

幽靈語彙

膨脹
幽靈讓身體變大的技巧

發光
幽靈想被人類看到時用的技巧

靈靈棧
幽靈居住的地方

穿越
當幽靈穿透牆壁、門窗和
其他踏地物品的技巧

縮小
幽靈讓身體變小的技巧

反胃
幽靈肚子不舒服時會有的症狀

踏地人
幽靈用來稱呼人類的名稱

嘔吐物
幽靈不舒服吐出來的東西

飄
幽靈在空中移動時的動作

哭嚎聲
幽靈為了讓人類聽見所發出的聲音

第一章

迷失在外

在灰塵遍布的教室牆壁旁,凱斯緊張地飄來飄去。所有家人都注視著他,媽媽、爸爸、小約翰,甚至是小狗科斯莫也一同看著他、等著他,一臉擔心地想著:這次他會成功嗎?

凱斯飄離牆面遠一點,他小小聲地說:「我不想做。」語畢,所有人都齊聲嘆息。

「兒子,不要這樣想,」爸爸說:「沒什麼

好怕的，你只要深呼吸一口氣，然後直直地穿越過去，就像這樣。」爸爸先把腳往牆壁伸去，接著一整隻腿穿越牆面，然後一隻手臂，最後整個身子都穿過去了。

咻！爸爸不見了。

「汪！汪！」科斯莫叫著。小狗的尾巴左搖右擺地跟著爸爸穿牆過去了。

「凱斯，穿牆其實很簡單喔。」小約翰說:「你看我！」

凱斯看著弟弟側翻穿過了牆，小約翰只有六歲，卻已經精通大部分的基礎幽靈技巧。他會發光、發出哭嚎聲、縮小和膨脹身體，也會穿牆。

凱斯九歲了，他可以縮小和膨脹身體，但是不會發光，也不會發出哭嚎聲，而且他不喜歡穿

越牆壁，之前他試過一次，讓他感到反胃。

　　科斯莫把頭探出牆面，牠對著凱斯叫了兩聲，然後又消失了。

媽媽裝出狗狗般的聲音說：「我覺得科斯莫在說『跟著我，凱斯，跟著我』」。

　　凱斯發出一聲哀號。

　　媽媽握住凱斯的手，帶著他飄向牆壁，「我們一起試試看……」

　　這時一隻踏地老鼠飛也似的跑進木條地板的洞裡，一隻踏地蜘蛛跳躍晃過教室窗戶旁的蜘蛛網，「準備好了，」媽媽倒數著，「一、二……三！」她穿牆而過。

　　凱斯扯掉被媽媽抓住的手，他做不到，就是沒辦法，真的沒辦法！

　　他反而飄向門旁，吸氣讓身體慢慢縮小……慢慢縮小……直到身體和角落旁的舊書差不多大，身體扁得比書頁還薄，然後他急速俯衝往門

縫下滑過，灰塵在他身後飛起，凱斯沿著走廊飄到隔壁的教室，他的家人都在那裡等著他。

　　小約翰看到凱斯把身體膨脹成原本的大小後哀嘆了一聲。

　　媽媽和爸爸失望地搖搖頭。

為了警惕凱斯，爸爸說：「如果你不學會幽靈的基本技巧，就無法在外面生存。」

「我們很擔心你，凱斯。」媽媽摟著凱斯說著。「外面有**踏地人**，你要用這些幽靈技巧保護自己，才不會遭欺負。」

外面也有**風**，風可以吹走幽靈，能夠讓他們永遠回不來。

「我絕對不會離開這棟舊校舍，」凱斯對他的家人說：「而且那些踏地人很少來到這裡，我才不需要用到這些幽靈技巧。」凱斯從來沒有離開過這個棲息處**靈靈棲**，比起踏地人，他還比較怕風。

「有時會有我們無法預料的意外發生啊，」媽媽說：「難道你忘記發生在芬恩身上的那件事

了？」芬恩是凱斯的哥哥。

「還有爺爺奶奶？」爸爸接著說。

凱斯怎麼可能會忘記？

去年春天的某一天，芬恩、凱斯和小約翰在玩抓球遊戲，芬恩喜歡把手臂或腳伸到牆壁外面，只因為他喜歡聽到凱斯和小約翰發出驚叫聲。但是那一天，他把頭探得太出去了，一陣風吹過將他拉出牆壁飛到外面。

凱斯和小約翰聽到芬恩大叫救命，但是兩個人只能向父母和爺爺奶奶呼救。

爺爺和奶奶衝到牆外想搶救芬恩，但是風勢太大了，芬恩、奶奶和爺爺都在外面失蹤了，沒人知道他們之後發生了什麼事。

「那件事才不會發生在我身上呢！」凱斯這

時篤定地說。怎麼可能呢？他從來都沒有靠近過那面通往外面的牆。

忽然間，一家人頭上突然傳出**碰！**的一聲巨響，整棟建築物晃動了一下，一些天花板的碎屑如下雨般灑落到凱斯周遭。

幽靈一家抬頭往上看，「那是什麼聲音？」小約翰問大家。

爸爸命令說：「小孩子留在原地。」他和媽媽飄向天花板穿越到樓上。

小約翰不喜歡錯過任何事，所以當弟弟跟著爸媽穿過天花板的舉動，凱斯一點也不感到意外，科斯莫也跟著小約翰跑去看了。

凱斯飄向髒兮兮的窗戶往外看，他看到幾台大型黃色卡車停在他們的靈靈樓前面，其中一台

有著長長的吊臂，凱斯看到吊臂舉起一顆又大又重的球。

碰！ 那顆大球砸向他們靈靈樓的屋頂，整棟建築物又再度搖晃了起來。

凱斯聽到媽媽哀鳴，接著聽到爸爸怒吼。

「媽媽？爸爸？」凱斯大喊：「發生了什麼事？」他沒有聽到爸爸媽媽的回應，所以沿著搖搖欲墜的樓梯往上飄到二樓。

「凱斯，不要上來！」爸爸對他喊著：「不要上來這裡！」

太遲了，凱斯已經飄到樓梯頂端。

他簡直不敢相信自己的眼睛，一部分的天花板崩塌了，側牆也有一大塊不見了，而且媽媽、爸爸、小約翰和科斯莫全部都飄到外面了！

凱斯想要往後飄，飄離牆壁上出現的大洞，但是風吹得比他所想得更強，將他拉～～～到外面，凱斯頭下腳上地被拋了出去。

在他的上方，媽媽、爸爸、小約翰和科斯莫飄得更高更遠，每個人的方向都有點不太一樣。

下方那顆沉重的大鐵球再度撞向舊校舍，他震驚地看著靈靈棲崩裂倒塌成了一堆碎瓦。

他擺動雙手和踢踢雙腳，想要飄到媽媽身邊，但是強風讓他無法往前。

他又試著飄到爸爸身邊。

也沒用，他在風中沒辦法使力，大家也跟他一樣。

媽媽把手拱成筒狀放在嘴巴旁喊著：「凱斯，你沒辦法跟風對抗，只能讓它帶你到新靈靈棲，我愛你———！」至少這是凱斯認為媽媽想說的話。她飄得太遠，凱斯根本聽不見她說的話了。

強風把凱斯吹得離殘破的靈靈棲愈來愈遠，也離其他的家人愈來愈遠了。

凱斯的眼淚沿著臉頰流了下來，「媽媽……爸爸……小約翰……科斯莫……」

現在他甚至看不到靈靈棲或家人了。

他獨自在外面，只剩他一個了。

天氣是如此和煦，暖陽照在凱斯的頭、雙手和背上，很溫暖，太過溫暖了。

風吹著將他拋過田野、樹林、房屋和一座湖，然後更多的樹林……一座有許多高聳建築物的城市，接著又是田野，很多很多片田野。

凱斯乘著風飄了整個下午，他好奇什麼時候風才會放他走？

終於，風慢了下來，凱斯往下飄啊飄……

一棟有著迴廊的白色房屋浮現，風朝著一扇敞開的窗戶，將凱斯甩進屋內。

掙脫了外面的風，現在凱斯又能飄移了，他用力踢著腳飄到房間的另一端，盡可能地遠離敞開的窗戶，他害怕地發著抖。

偵探事件簿
事務所

靈斯東　　坎朵爾

等到他確認風不會再把他拉到外面，凱斯慢

慢地轉身到處看看，**這裡是哪裡啊？**他心想。

他身處在一間明亮的房間，幾乎和外面一樣

明亮，整個房間擺滿著書架，一排又一排高高的

書架，就像舊靈靈棲裡面的圖書館一樣，只是這

些書架上一點灰塵都沒有，而且書本也多很多。

　　凱斯飄到隔壁房，門上有個標示寫著：

非文學圖書室

裡面有更多的書本。不只有書本、雜誌、報紙、桌子與椅子⋯⋯還有**踏地人！**貨真價實的，活人！

凱斯從未一下子見到這麼多踏地人，也從未跟踏地人距離這麼近過。

有些踏地人走路時是真的踏著地板，他們走路時還會發出噪音。

其他踏地人就坐在椅子上，而且不會飄到其他地方。

凱斯心想，**走在地板上或是坐在椅子上，會是什麼感覺呢？**

他沒注意到有個踏地女人朝著他走過來，當他注意到時已來不及避開，「啊——！」他在女人直接穿過他時尖叫出聲，不管是穿越哪種踏地

東西，都會讓凱斯感覺怪怪的，但是穿過踏地人，或是有踏地人穿過他身體時，比穿越牆或穿越門更糟糕，感覺就像有東西在他體內飄來飄去，噁……好噁心！

那個踏地女人打了個冷顫，然後轉向她的朋友說：「我剛突然覺得好冷，你也感覺到了嗎？」

「大家都說這棟圖書館鬧鬼了。」她的朋友說。

鬧鬼？這表示有其他幽靈住在這裡？除了家人，凱斯不曾看過其他幽靈。

「這裡總是會發生一些奇怪的事，」第三個女人說：「我聽過書本會自己開闔，電燈會自己打開、關掉閃爍著。有些人甚至見過圖書館的幽靈和聽過他們發出的聲音。」

這些踏地人都看不見凱斯。

凱斯飄向下一間房間，其實那裡也不算是房間，反而比較像通廊，它的中間擺著長凳，角落還有一株高高聳立的盆栽，每面牆上都有一或兩

扇門，大多數的門都是敞開的，門前還有標示，分別是：「**文學圖書室**」、「**非文學圖書室**」、「**兒童圖書室**」、「**工藝室**」。唯一關著的門似乎就是通往外面的大門，門口對面有座大的，往上延伸的迴旋樓梯，有隻黑貓坐在第四階上。

「喵——」貓咪發出聲音，牠用黃澄澄的雙眼，冷淡地盯著凱斯看。

芬恩曾告訴凱斯，即便幽靈沒有發光，踏地動物也可以看見他們，但是爺爺說那只是古老的幽靈傳說。

貓咪又叫了一聲，然後急步繞過他走掉，彷彿牠真的能看見凱斯。

咚！咚！咚！咚！

凱斯驚跳了起來，**那是什麼聲音？**他疑惑

地看向天花板。

咚咚聲愈來愈大，凱斯頭頂上方的樓梯出現了一家踏地人，有媽媽、爸爸和一個看起來和凱斯差不多年紀的女孩。他們走下階梯時發出了很大的噪音。

凱斯在任何人還沒有機會穿越他的身體前，趕緊躲向一旁。

女孩雙肩揹了綠色背包，她匆匆一瞥凱斯，但是凱斯肯定那只是他的想像而已，大家都知道除非幽靈發光，不然踏地人是看不見他們的，凱斯就算想發光也還辦不到。

女孩跟著父母走到樓梯下的小衣櫃前問：「為什麼我不能跟你們一起去？」

「因為我們可能一整晚都要待在外面。」母

親回答時順手在衣櫃裡拿了件薄外套。

「所以呢？」女孩說：「現在是暑假，我可以晚一點睡，我也可以幫忙你們查案，」她打開袋子然後抽出好幾樣物品。「我可以拍照、幫忙採集指紋，還可以用手機幫你們查資訊⋯⋯我可以幫忙做筆記，我很擅長做筆記喔！」

女孩手上拿著一本書，她身邊還有另外兩本書掉了下來，凱斯在一堆物品中，只認得出書本。

她爸爸堅決地說：「我很抱歉，克萊兒，整夜跟監不適合讓小女孩參加。」

「所以我們才搬到凱倫奶奶這裡啊！」克萊兒的媽媽說：「奶奶需要有人幫忙照看圖書館，我們查案時，也需要有人幫忙照顧妳。」

克萊兒嘟嚷地說：「我才不需要人照顧。」

一名踏地人奶奶從凱斯身後的入口走進來，她讓凱斯想起自己的奶奶，除了一點，這位奶奶的頭髮有一絡粉色染髮，凱斯從未看過這種髮型。

　　「克萊兒，妳要不要跟我來啊？」奶奶說，「妳可以幫我把書歸位，然後我們可以替『爬蟲日』活動一起裝飾兒童圖書室，聽起來很好玩吧？」

克萊兒看起來似乎一點也不認為這項活動有趣的樣子，「我不想當圖書館管理員，」她說:「我想成為偵探。」

「真不巧，妳年紀還太小，還不能當偵探。」克萊兒爸爸說。

克萊兒媽媽送出一個飛吻後，她打開通往外面的大門。

凱斯感覺到有風，馬上往後飄了幾步，克萊兒的爸媽一關上門後，風就停止了。

「如果妳回心轉意，我會在兒童圖書室等你。」克萊兒奶奶說，然後就離開了。

克萊兒一屁股坐在樓梯的最後一階，「我才不會回心轉意，」她邊說邊用力地把那些奇怪物品丟回背包裡，然後她轉頭直直地盯著凱斯

說：「我討厭大家把我當成小孩一樣，你說對不對？」

凱斯環顧四周，**這個踏地女孩在跟誰說話呢？應該不會是跟……我吧？**

第三章

奮力飄！

那個踏地女孩直直地盯著凱斯瞧，彷彿她真的看得到他一樣。

凱斯低下頭看看自己，難道他在發光嗎？

沒有啊。

那這個女生怎麼可能看得到他？

她看得到嗎？

凱斯往右邊飄去，克萊兒眼睛的視線就跟著

他往右移動，他往左邊飄去，克萊兒的視線跟著他往左移動。

他在克萊兒的臉前面揮了揮手，克萊兒眨了眨眼。

凱斯睜大眼睛，驚訝地小小聲問道：「妳……妳看得到我？」

「可以。」

凱斯倒抽了一口氣，「妳也能聽到我說話？」

「當然。」

「啊——！」凱斯尖聲大叫，他從未聽過任何踏地人可以在幽靈沒發光時看得見他們，也沒聽說過踏地人可以在幽靈沒發出哭嚎聲時聽得見他們。

這個女生看得到也聽得到，難道她是某一種

會魔法的踏地女孩嗎？

不論她是誰都嚇到凱斯了，他轉身奮力往反方向飄，用他最快的速度。

「你要去哪裡？」克萊兒大聲說道，她緊抓著綠色背包追著他，一路追到非文學圖書室，跟著他穿越一排又一排的書架，她跑得幾乎和凱斯飄得一樣快。

「小女孩！」一個年紀大的踏地人女士用拐杖敲著地板，「妳的奶奶准許妳在圖書館裡奔跑嗎？」

克萊兒慢下來，變成快步疾走，但依然緊追著凱斯不放，她跟著他到了文學圖書室，然後回到通廊，再進入一間顏色繽紛，放著矮書架的房間。房間的門上標示著「**兒童圖書室**」，待在這

裡的踏地人都跟凱斯與克萊兒的身高差不多，或
是比他們更矮一點，凱斯可以直接飄過他們的頭
上。

　　喔，不！

又是一扇開著的窗戶！

凱斯傾著身子往左轉彎，飄回他們來的路上，

克萊兒的雙腳立刻轉向緊追著他。

凱斯往上飄到天花板，不過沿著天花板快速

移動也讓他覺得很恐怖，因為天花板上有著圓圓亮亮的東西掛在上面，而且當凱斯靠近這些東西時，他覺得很危險又很熱，更糟糕的是，這間房間有著凱斯不知道的物體，在天花板中間有個一直旋轉的東西，跟外面的風一樣，它會把凱斯吸進去，吹得他用很快的速度繞著轉圈圈。

「救命！」

凱斯尖聲呼叫著，奮力地揮動四肢，不過誰能來幫他呢？他的家人都不在這裡。

當凱斯一圈又一圈地轉著時，他看到克萊兒按了牆壁上的開關。

天花板上旋轉不停的物體逐漸慢了下來，慢慢降到凱斯可以掙脫它的速度。

哇！現在凱斯感到反胃，真的超級反胃。

在他還不知道發生了什麼事之前，他的肚子隆起來然後吐了克萊兒一身嘔吐物。

「噁！」她哀號一聲，馬上跳到一旁，「我不知道鬼還可以嘔吐。」

兩名矮小的踏地人女孩用詫異的眼神看著克萊兒，覺得她是瘋子，她們看不到凱斯，所以大概也看不到凱斯吐在克萊兒手臂上的東西。

克萊兒用衣角擦了擦衣袖，兩名小女生看到

克萊兒的行為後馬上跑走了。

凱斯覺得現在肚子比較舒服了，他踢了踢腿飄向隔壁房間。

「嘿！停下來，」克萊兒一邊大喊一邊小跑步追著他，「快回來！我不會傷害你，我只是想跟你講話。」

凱斯才不相信她，她是個踏地人，他的家族總是流傳著一句話「千萬不要相信踏地人」。

他飄過一間又一間的房間⋯⋯飄過通廊，然後再往回通過所有房間，一遍又一遍。

克萊兒不曾慢下腳步，一直緊追在後。

凱斯的手和腳開始痠痛，他不知道自己還能逃多久。

就在此時，有一個幽靈男人從兩排書架中飄

出來，他看起來和凱斯爺爺差不多年紀，穿著別緻黑色正裝外套，戴著相配的禮帽。

「我真的看不下去了，」那名老幽靈邊說邊飄到凱斯旁邊，「你想要遠離那個討人厭的踏地仔嗎？」

凱斯只能點點頭，他累得說不出話了。

「那就跟我走！」老幽靈衝到他前面。

凱斯突然爆發出一股力氣跟在老幽靈後頭。

兩人蛇行通過兒童圖書室、飄過通廊，再飄到通廊後方的小房間———工藝室———工藝室中央擺著一張桌子和幾張椅子，還有色彩鮮艷的紙製品懸掛在天花板上，看起來像是鳥兒。

老幽靈在紙鶴下滑翔，直直地飄向房間後方的一整面書架。

凱斯哀號了一聲，他很清楚老幽靈想做什麼。

「不～～～！」

老幽靈穿牆時，凱斯和克萊兒一起驚聲尖叫。

凱斯一路尖叫到他的腳碰到任何一本書之

前，克萊兒則是重重地撞上整面書牆。

　　一陣風將他們身後的門關上了，凱斯現在困

在這個小小的房間裡，和一個看得到他的踏地小

女孩一起困在這裡。

第四章

嗚——！

凱斯現在只能做一件事……

縮小！

他深吸一口氣，然後縮小……再縮小……接著他往上飄到紙鶴群裡，希望能藏在這些紙鶴中。

老幽靈把頭探出書架，來回環顧四周，「小男孩，你在哪裡？」他問道。

凱斯緊緊閉著嘴巴，他知道老幽靈想幫他，

但是他不能冒險被小女孩看到，所以他不能出聲回應。

　　克萊兒沿著桌子慢慢走來走去，她的眼睛掃視著房間的每個角落，「啊哈！」她邊喊邊指著

凱斯，「找到你了！」

　　但是踏地人沒辦法像幽靈一樣在空中飄浮，所以凱斯暫時安全了。

　　老幽靈的手從牆壁出現，對凱斯招了招手說：「到這裡來，小男孩，」示意凱斯跟著他，「她沒辦法跟你進到後面。」

　　凱斯只是待在原地。

　　克萊兒問老幽靈說：「後面有什麼呢？一間密室嗎？」她盡可能地伸長脖子窺看，彷彿她能透視那一整排書架的模樣。

　　老幽靈忽視她說的話，「快點，」他對凱斯說：「除非你寧願跟這個踏地小女孩一起待在這裡。」

　　不要，凱斯當然不想跟克萊兒待在一起，但他也不想穿過那面書牆，穿過那面牆可能比和看

得見他的踏地小女孩共處一室更糟糕，反正她最後會追到累了然後放棄，應該會吧？

「隨便你嘍。」老幽靈說，他把頭和手縮了回去。

凱斯躲到另一隻紙鶴後面，克萊兒的眼睛盯著凱斯從一隻紙鶴飄到另一隻紙鶴。

克萊兒打開背包，慢慢地抽出其中一本書，

還有一個細細長長的東西，她拉出一張椅子坐到桌子旁邊時她又說了一次：「我不會傷害你。」

凱斯才不要冒任何危險，他留意著克萊兒，然後慢慢地在紙鶴群裡移動。

看著克萊兒把細長的東西用拇指和食指夾著，然後在她的書頁上從左到右的移動，他覺得很有趣。凱斯有個詞可以說明她在做的事，那個動作叫作寫字，克萊兒正在自己的書本上寫字。

凱斯的媽媽和爺爺可以拿起一根踏地粉筆然後寫字，或是在黑板上畫畫，不過這個動作會耗掉不少體力，還要懂很多技巧才辦得到，很多不管是凱斯或是他的兄弟都還不會的技巧。

「你叫什麼名字？」過了一會兒，克萊兒問他。

一開始凱斯並不想回答她，但是他覺得說出名字應該不會有什麼損失。

　　「凱斯。」終於他開口了。

　　「姓什麼呢？」

　　「只有名字凱斯。」

　　「我叫克萊兒，克萊兒‧坎朵爾。」她伸出手等著凱斯回握。

　　凱斯並沒有往下飄跟她握手。

　　克萊兒又開始在書上寫起來，同時一邊問凱斯：「你今天剛到這裡嗎？」

　　她說的好像凱斯是特地來一趟的樣子，凱斯回答：「是風把我帶來這裡的。」

　　「今天嗎？」

　　「對。」凱斯點點頭。

「從哪裡來的？」

「舊校舍。」

「哪一個舊校舍？」

「我不知道。」凱斯說。**難道外面不只有一棟舊校舍嗎？**

凱斯清清喉嚨，「現在可以換我問問題了嗎？」

「可以。」克萊兒停下筆來，充滿期待地望著凱斯。

「我沒有發光，妳怎麼看得到我？」

「發光是什麼意思？」

「就是當幽靈想要讓像妳一樣的踏地人看到我們時會做的事，但是我沒辦法這樣做，所以妳應該看不見我才對。」

「像我這樣的踏地人？」克萊兒挑起眉，「你們都這樣稱呼不是幽靈的人嗎？」

「對。」

克萊兒皺皺鼻子，「我覺得我不太喜歡這個字，你應該叫我們『人』就好。」

「但是幽靈也是人，」凱斯說：「我們只是不能踏在地上⋯⋯的人，像妳一樣。」

克萊兒又開始寫字。

過了幾分鐘，凱斯說：「妳沒有回答我的問題，妳為什麼可以看到沒有發光的我呢？」

克萊兒闔起書，然後把她用來寫字的東西放在本子上，「我不知道，」她說：「從一年前開始，那時我們住在西雅圖，有天早上，我一醒來就能看得到幽靈了，我不知道為什麼。一開始有點恐

怖，我們家裡有一隻幽靈，我學校也有一隻，我試著跟大家說這件事，不過沒有人相信我。其實，學校的同學還取笑我，他們叫我幽靈女孩。」

凱斯無法理解，為什麼有人會叫克萊兒幽靈女孩？她又不是幽靈。

「然後我爸爸失去了警察的工作，」克萊兒繼續說，「所以我們搬到愛荷華，搬到這裡本該是個『全新的開始』。」她不太高興地說：「什麼全新的開始嘛，我的父母開了偵探社，但他們不讓我幫忙，而且還要我承諾說不會跟任何人提到我看得見幽靈，他們希望我表現『正常』一點，這樣大家才不會認為我很奇怪，不過你知道嗎？愛荷華跟西雅圖一樣有幽靈！那我要怎麼表現正常嘛？」她擺動雙手往天空一拋。

凱斯聳聳肩，他不知道對踏地人而言，怎麼樣才算正常。

　　「你覺得我看得見幽靈很奇怪嗎？」克萊兒問。

　　「這個嘛……」凱斯說，他確實覺得這有一點奇怪，但是他覺得說出來有點沒禮貌。

　　「另一個住在這裡的幽靈說很奇怪，他的名字是貝奇，他好像不太喜歡我。」

　　「因為妳是踏地人，他是幽靈啊。」凱斯說。

　　「那又如何？」克萊兒瞇起眼睛看著凱斯說：「你不覺得幽靈和……」她停頓了一下，「不是幽靈的人也可以當朋友嗎？」

　　「這個嘛……」凱斯再度疑惑。他們能當朋友嗎？他的家人應該會說不行。

克萊兒再度打開紀錄本說：「好了，我剛已經跟你說完了我一生的故事，現在換你了，你要跟我說你的故事嗎？」

「妳打算寫在那本書上嗎？」凱斯問。

「對。」

「為什麼？」

「因為這是我的幽靈紀錄本，」克萊兒說：「我用這本書紀錄我遇過的所有幽靈，你想看看嗎？」

凱斯不想離克萊兒太近，但是他對她的書很好奇，他膨脹成原本的大小，然後緩緩地飄下來……飄到離她身後幾公尺的地方。

克萊兒翻到紀錄本的前幾頁，「這是華倫，」她說，「他是我遇見的第一個幽靈。」

「妳也會在紀錄本上畫出我們的長相？」凱斯問。

「對。」

她畫得很棒，比凱斯媽媽和爺爺在靈靈棲黑板上畫的圖還好看。

克萊兒翻頁繼續說：「這是安妮，她住在我西雅圖的學校裡……然後……我不知道這個是誰，」克萊兒翻到另一頁，「她沒有告訴我她的名字，我是在南達科塔的加油站遇到她的。」

凱斯不知道什麼是加油站，也不知道什麼是南達科塔。

下一頁的圖就是貝奇的畫像，剛才那個從牆後消失的幽靈，再下一頁的圖讓凱斯倒抽了一口氣，圖畫中的那個幽靈看起來跟他的哥哥芬恩一

模一樣！

　　凱斯說不出話來，他只能指著那張圖。

　　「我也不知道這個幽靈的名字，」克萊兒說：

「他根本不肯跟我說話。」

　　「那……那是我哥哥！」凱斯說：「他叫芬

恩。」

　　克萊兒的紀錄本中沒有寫太多關於芬恩的事，只有紀錄第一次見到他時，是在文學類圖書室，六月四號，就在芬恩從靈靈棲中被風帶走之後不久。之後克萊兒分別在六月六號和九號又看到他。

　　關於芬恩，她只有寫了這些。

凱斯告訴克萊兒關於芬恩的一切，他如何穿牆到外面然後被風吹走的事。

「妳知道現在芬恩在哪裡嗎？」凱斯問。

在克萊兒可以回答之前，房間突然一片漆黑，然後凱斯聽到**嗚——！** 一陣陣哭嚎聲！聲音好像來自工藝室的外面。

第五章

才沒有幽靈呢

克萊兒把紀錄本緊抓在胸前，拿起她的背包，馬上打開入口的門，整棟圖書館一片漆黑。

凱斯飄到通廊的地方，在黑暗中，他移動的速度比克萊兒快多了，凱斯早就習慣了陰暗的地方，他之前的靈靈樓一直都是暗暗的。

那些掛在天花板上會發熱的東西亮了，圖書館又再度燈火通明，一小群人聚集在通廊那邊。

「我看到了！」一個身穿條紋上衣的踏地小男孩叫著，「我看到圖書館幽靈了。」

凱斯在刺眼燈光下瞇著眼睛四處掃視，雖然踏地人只能在幽靈發光時看見他們，但是幽靈不管什麼時候都看得見其他幽靈。

但是凱斯沒有看見任何幽靈出沒。

「我也看到了！」一名綁著馬尾的踏地小女孩跟著說。

「我也是，」另一名戴著眼鏡的踏地小男孩說：「幽靈就出現在那裡。」

「哪裡？」克萊兒打開紀錄本問道。

「那裡。」戴著眼鏡的男孩指向高高聳立的盆栽，就在迴旋樓梯旁。

「亨利，」一位看起來像男孩媽媽的女士說，「你明明知道才沒有幽靈這種東西呢。」

沒有幽靈這種東西！這簡直跟說世界上沒有踏地人一樣。

「也許你看見的是盆栽後方的陰影。」那名媽媽繼續說。

「那個才不是陰影，」亨利扁扁嘴，說道：「明明就是幽靈，它飄在盆栽上面，高度一直到天花板，我可以看穿它的身體。」

「大家都聽到它的哭嚎聲了。」綁馬尾的女孩說，「陰影才不會發出哭嚎聲。」

「而且陰影也不能關掉電燈啊！」穿條紋衣

的男孩說。

　　凱斯在踏地小孩間飄來飄去，那個老幽靈貝奇自從穿越書架後就消失了，所以這些踏地小孩看到的是誰呢？

　　一定是芬恩，他心想，**還能是誰？**

　　但是芬恩跑去哪裡了？

　　「這可不是第一次有人在這間圖書館裡看見幽靈喔。」凱倫奶奶用神祕的語調說著。

　　「沒錯，」一名踏地老奶奶拄著拐杖一拐一拐地走過來，這個人就是剛才克萊兒在圖書館裡跑步時，指責她的女士。

　　「我之前是這棟房屋的屋主。」老奶奶用沙啞的聲音說道：「在它還沒變成圖書館前，一樓是我的小公寓，我把其他樓層出租給別人，那時候，

我們就常常在這裡看到幽靈，所以我很難留住房客。當靈斯東女士說她想買下這裡，然後把一樓變成圖書館，她想住在二樓，我很開心的答應了。」

「我不相信這裡有幽靈，」亨利的媽媽說道：「孩子，我們把書借回去看吧，差不多該回家了。」

除了克萊兒之外，那個踏地老奶奶和其他的踏地人都走開了。

「都是那個貝奇！」克萊兒在她的紀錄本上寫了更多字，她一邊搖搖頭。

「他怎麼了？」凱斯問。

「我不知道為什麼他老是喜歡跑出來……還有你剛剛說的什麼……？發光？我不知道為什麼他總是在這些小孩子面前亂發光，他一定是想嚇嚇這些人。」

凱斯繞著克萊兒飄了一圈，「我覺得他們看見的幽靈不是貝奇，我想他們看到的是我哥哥芬恩。」

　　克萊兒看起來有點疑惑。

　　「你紀錄本中的那個人，」凱斯指著說，「我們剛剛才談到他。」

　　「喔，他啊，」克萊兒說：「我有一個月以上沒看過他了，我覺得他應該不在這裡。」

　　「我們知道那些踏地人……」

　　「不要再說『踏地人』了。」克萊兒打斷他的話說。

　　「好啦，那些小孩，」凱斯改口說：「我們知道他們沒看見我，而且他們看到的人也不可能是貝奇，他跑到書架後方了。所以這裡一定有其他幽靈，我認為那個幽靈就是我的哥哥芬恩。」

克萊兒搖搖頭，「如果當時有另一個幽靈在這裡，我一定會知道，貝奇待在這邊一輩子了，就像我說的一樣，我覺得他喜歡捉弄小孩子。」

「要是這樣，我們不是應該看得到他從書架後方跑出來嗎？」凱斯問。

「如果他穿越另一道牆出來，我們就不會看見他。」

凱斯覺得這樣不太合理，如果貝奇穿越另一道牆，他就會跑到外面。幽靈不會刻意跑到外面去。

「我要找看看芬恩是不是在這裡。」凱斯說，他飄向兒童圖書室。

克萊兒闔上紀錄本然後放回背包，「我不認為他還在這裡，」她將背包掛在肩上後說道：「不過以防萬一，我也會幫你找看看。」

「芬恩？」凱斯沿著一排又一排的書架時喊著，他一會兒往上飄，一會兒往下潛。克萊兒同樣跟著上下掃視，也看了房間各處。

「芬恩，你在這裡嗎？」

凱斯和克萊兒搜索了整間兒童圖書室、文學類圖書室和非文學類圖書室。

沒看到芬恩。

「如果你想的話，我們還可以去樓上看看。」克萊兒說，「那是我住的地方。」克萊兒帶著凱

斯沿著迴旋樓梯往上走。

「這裡是我們的客廳，」經過轉角處時，克萊兒說道，「然後這裡是我們的廚房。」她指著一個房間。

這兩間房間裡都擺著奇怪的物品，一些凱斯不曾看過的東西。但是他沒有多花時間問克萊兒那是什麼，他更想找到自己的哥哥。

克萊兒帶著凱斯往前走過狹窄的走廊，「這裡是我爸媽的辦公室，」邊說邊推開一扇門，「還有這裡是我的臥室……我奶奶的臥室……然後浴室……最後是我爸媽的臥室。」

客廳、廚房、辦公室、臥室、文學類圖書室、非文學類圖書室、兒童圖書室、工藝室。這棟圖書館跟舊校舍比起來，有好多完全不一樣的房間，

而且這裡的東西更多。**這些踏地人要這麼多東西做什麼呢？**凱斯跟著克萊兒漫步時心想。

最後，他們終於走到了走廊的盡頭，「這裡是塔樓，」克萊兒說：「整棟圖書館裡我最愛這間房間。」她走到房間中央然後開心地轉了一圈。

這是一間圓弧狀的房間，不是方型的，而且非常小，四面都是窗戶，地板上還鋪著毛茸茸的地毯，其中一扇窗戶下方有個小書架和一張搖椅。凱斯先前看到的黑貓蜷著身體趴在搖椅上。牠抬頭看一眼後生氣地對著凱斯喵喵叫，雖然爺爺之前跟他說過踏地動物的事，但是凱斯確信這隻貓看得見他，而且牠顯然不喜歡眼前的景象。

「喔，索爾，」克萊兒邊說邊彎腰抱起牠，「不要這麼兇，他叫凱斯，他很友善喔。」克萊

62

兒握著索爾的腳掌向凱斯揮揮手。

凱斯試著對索爾擠出微笑，但是他也不確定自己對索爾的感覺，是否有比索爾對他的感覺還要好。

索爾又喵喵叫了一聲，然後跳出克萊兒的懷抱踏步走開。

凱斯嘆了一口氣，他們搜索了整棟圖書館，還是沒看到芬恩。也許克萊兒沒說錯，也許芬恩早就離開了，也許貝奇真的趁他們沒注意時偷溜進了工藝室。貝奇也許就是踏地小孩們看見的那個幽靈。圖書館中的另一個幽靈就只有他了。

不是嗎？

第六章

繼續搜查

「**還**有一個地方我們還沒找看看。」克萊兒在凱斯飄到窗戶旁往外看時說道，外面慢慢變暗了。

凱斯回頭問道：「哪裡？」

「貝奇跑去的地方，就在工藝室書架後方，」克萊兒說，「我覺得那邊有間密室，我常看見貝奇跑到後面去，但是就像他之前跟你說的一樣，我沒辦法進去裡面，那裡沒有門或其他入口。」

「你覺得芬恩會在那裡？」凱斯抱著希望問。

「我覺得你應該去裡面確認。」

凱斯同意，不過有個小問題，「我不擅長穿越牆壁。」他坦白說道。

「哦，」克萊兒說，「你哥哥擅長穿越牆壁嗎？」

凱斯差點笑出來，「沒有芬恩不擅長的事。」

「那你只要站在那裡……」她往下看著凱斯的雙腳，他的腳離地十幾公分上方，「飄在書架前，喊著他的名字，如果他聽到你在叫他，他就會跑出來，對不對？」

「我不知道，」凱斯說：「我已經喊了他的名字一小時了。」

「也許他沒聽到你叫他，」克萊兒說：「或

是⋯⋯也許他躲著你，像是在玩遊戲一樣。」

像捉迷藏嗎？凱斯想，芬恩最愛玩捉迷藏了。

但是這種時候不太適合玩遊戲吧。

凱斯和芬恩住的靈靈樓已經沒了，媽媽、爸爸、爺爺、奶奶、小約翰和科斯莫都失蹤了。

如果芬恩在這裡，他一定要和凱斯相依為命。

凱斯飄下樓梯⋯⋯通過通廊⋯⋯進入工藝室，一路飄到工藝室的書架前方。

「芬恩？」他喊道：「我是凱斯，你在後面嗎？芬恩？」

凱斯等著回應。

但是芬恩沒有現身。

「芬恩？」凱斯又喊了一次，他把耳朵貼到書架上專注地聽著。

他什麼都沒聽到。

凱斯盯著書架，穿越牆壁幾乎是每個幽靈都辦得到的事，就連小約翰都做得到，凱斯沒道理辦不到啊！

他朝著書架**慢慢慢慢地**伸出手指。

不行！

雖然他很想試試看，但是他就是沒辦法跨出那一步，如果芬恩真的在後面，那他必須自己飄

過來才行。

實際上，芬恩可能在任何的地方，他可能藏在書架後方的密室裡，也可能藏在圖書館的任何一處，或是離這裡數百公里以外的地方。

通廊剛好位於圖書館的正中央，所以凱斯來回飄來飄去，然後用盡力氣大聲呼喊，希望芬恩不論在哪裡都聽得見他。

「芬恩，不要再玩遊戲了！如果你在這棟圖書館的話，快點出來！現在就出來！」他停頓一下，喘了口氣，接著說：**「我要跟你說我們的靈靈棲發生了什麼事！我要告訴你關於媽媽、爸爸還有小約翰的事！我也要跟你說科斯莫的事！」**

凱斯等著。

繼續等著。

再繼續等了一段時間。

芬恩沒有出現。

凱斯的肩膀垂了下來。

克萊兒慢慢地走到他旁邊，然後試著拍拍他的肩膀，可是她的手穿過了他的身體。

「啊——！」凱斯馬上跳到一旁，「不要這樣做。」

「怎麼了？」克萊兒問，「我剛做了什麼？」

「妳的手穿過我的身體，我不喜歡這種感覺，我會覺得怪怪的。」

「喔～」克萊兒說，「我只會覺得有點冷。」她把紀錄本拿出來，然後把這點寫上去。

當克萊兒正在寫字時，凱斯說：「我猜妳之前說對了，芬恩不在這裡，貝奇一定是那些……

小孩先前看到的幽靈。」

「或許吧，」克萊兒說，她踱步到小孩們說看見幽靈的大盆栽旁，「不過你知道嗎？其實我沒看過他發光，今天也沒看見他發光，而且每次看到他時都沒有在發光啊。」

「所以……」凱斯不確定她想說什麼。

「我的意思是我沒辦法證明那就是貝奇，」克萊兒說：「優秀的偵探在沒有找到證據前不會罷休，也許你和我應該繼續追查這件案子，直到我們找到能證明貝奇就是圖書館幽靈的證據。」

「好吧，」凱斯聳聳肩說，「那我們現在該做什麼呢？」

「我不知道，」克萊兒說，她盯著盆栽後方的牆壁，好像她能在那裡找到答案似的，過了一

會兒，她轉向凱斯，「像我爸媽一樣的偵探，他們想要找出是誰做了哪些事時，他們會找到指紋或其他物品，幽靈有指紋嗎？」

凱斯看著自己的手指頭，「我不認為有耶。」

「那其他證據呢？」克萊兒問。

「什麼是『證據』？」凱斯問。

「就是可以將嫌犯和罪行串在一起的東西，」克萊兒回答，「像是指紋、足跡、衣物纖維或DNA。這裡是幽靈最後被人看見的地方，所以這

裡就是犯案現場，貝奇是頭號嫌犯，如果我們能

找到屬於他的東西，就能證明他是圖書館幽靈。」

克萊兒在盆栽四周走動。

「我不知道耶，」凱斯說，「我不覺得幽靈

有那些東西。」

克萊兒仔細查看每一片葉子，她拿起一片然

後翻起來看後面。

「克萊兒？」凱倫奶奶走進房間，她拿著一

箱……凱斯不確定盒子裡的東西是什麼。「妳在

做什麼？」

　　克萊兒吞了一口口水，「沒什麼。」她說，慢慢後退遠離盆栽。

　　「看起來不像是沒什麼的樣子喔。」凱倫奶奶把箱子從身體的一邊移動到另一邊，她環顧四周，彷彿不希望別人聽到她要說的話，接著她身子往前傾靠向克萊兒然後低語：「妳是不是想找出圖書館幽靈？」

　　「嗯……」克萊兒看著凱斯。

　　凱斯忍不住盯著克萊兒奶奶頭上的粉色挑染頭髮。

　　「聽我說，克萊兒，」凱倫奶奶說：「幽靈比較喜歡自己待著，如果妳不騷擾他們，他們也不會來騷擾妳。」

「不要開我玩笑了，奶奶，我知道妳不相信有幽靈。」

「妳為什麼認為我不相信有幽靈呢？」凱倫奶奶問道。

克萊兒仔細端詳奶奶，「妳是說，妳相信有幽靈的存在？」

「這個就要改天再聊了，」凱倫奶奶邊說邊牽著克萊兒的手，把她帶向樓梯，「現在圖書館休息了，妳該上樓準備睡覺了吧？我關好所有電腦、電燈和鎖上門後就到妳的房間幫妳蓋被子。」

「好吧。」克萊兒重重地嘆了一口氣。

凱倫奶奶走進了非文學類圖書室。

「你聽到我奶奶說的話了，」克萊兒對凱斯說：「我該就寢了。」

「什麼是『就寢』？」

「就是要睡覺了，幽靈不睡覺嗎？」

「我不知道，我不認為我們需要睡覺。」凱斯說，又一個他聽不懂的詞彙了，睡覺。

「哦，」克萊兒頓了一下之後抽出紀錄本，「幽靈……不睡覺……」她邊寫邊說，「而且他們也沒有……指紋，我之前忘記寫上這點。」

凱斯也希望自己可以將學到的踏地人的所有事都記錄下來。

「我明天早上醒來時，你還會在這裡嗎？」克萊兒問，她把本子塞回背包裡。

凱斯聳聳肩，「也許吧。」他說，他還能去哪裡呢？不管他要去哪裡，他都要再度回到外面。凱斯很肯定自己不想這樣做。

「很好！」克萊兒微笑說道：「那我們明天早上見，我們到時可以繼續調查。」她快步爬上樓梯。

幾分鐘過後，圖書館的主要樓層就全變暗了，凱倫奶奶也上樓了。

剩下凱斯獨自一個了。

第七章

漫漫長夜

凱斯還是不懂什麼叫做睡覺，顯然這件事要花很久很久的時間。

要多久？他在樓上的塔樓漫無目的地四處飄來飄去，雖然他才剛認識克萊兒，但是他開始想念她了。

他更想念家人，凱斯凝視著外面的黑夜，他好奇媽媽、爸爸、小約翰和科斯莫在哪裡，他們是否找到新靈靈棲了，或是其中有人仍然在外面

遊蕩？

芬恩又發生了什麼事？還有爺爺奶奶呢？

凱斯還有機會見到他們嗎？

在靈靈棲時，夜晚是家人說故事的時間，但是在這棟圖書館裡，沒有克萊兒的陪伴，凱斯不知道在漆黑的夜晚該做什麼。

凱斯沿著走廊往前飄，他知道克萊兒就在其中一道閉著的門後，她提過其中一間是她的房間，但是他不記得是哪一間。

他從其中一道門後聽到奇怪的隆隆聲，聽起來像……凱斯不知道聽起來像什麼，他從未聽過這種聲音。

「哈囉，是克萊兒嗎？」他在房門外問。

克萊兒沒有回答。

凱斯聽到走廊的另一邊門內有較細微的隆隆聲，他飄過去再輕聲喊了一次：「克萊兒？妳在裡面嗎？那是什麼聲音？」

　　凱斯吸氣把身子縮小，讓自己盡可能變得又扁又平，他往下潛，試著從門縫飄過去，不過地板和舊校舍的地板不同，不但毛茸茸的又比較厚，而且撐高隆起到門的底部，凱斯沒辦法飄進門縫裡。

　　他嘆了一口氣。

　　好無聊喔！他飄蕩在暗暗的走廊上，經過……克萊兒怎麼稱呼這個房間的？「客廳」嗎？然後他飄下樓梯，當他飄到圖書館通廊時，他注意到非文學類圖書室裡有燈光。

　　克萊兒的奶奶不是上樓前「把電燈關掉」了

嗎？「把電燈關掉」不是會讓圖書館變暗嗎？

凱斯飄到門口往裡面偷看，他看到房間的角落有道光線。那個老幽靈貝奇，在燈光的附近徘徊，手上還捧著一本書，一本踏地書！

凱斯盯著他瞧，對幽靈而言，要拿起踏地的物品並不容易，凱斯對貝奇這樣做多久了感到好奇。

「你打算一直待在門口，還是有打算要進來？」貝奇伸出他的幽靈手翻了踏地書一頁後問道。

凱斯對貝奇竟然知道他在那裡感到意外，「你捧著那本書多久了？」他飄進房間時問。

「大概一小時了，」貝奇回答，「我的紀錄是一個半小時。」

「哇！」凱斯感到很驚訝。

貝奇哼了一聲，「很不幸，我無法在那些踏地人走來走去的白天練習，在白天就連在桌上讀書都很困難，那個有粉色挑染髮型的踏地人，一直從我身體底下拿走書本然後擺回去。」

凱斯可以想像這是很困擾的事。

貝奇把書放在桌上，然後滑到凱斯旁，「我們好像還沒有正式自我介紹，我叫作貝奇。」他用禮帽示意。

「我是凱斯。」

「凱斯，我很驚訝你那時候竟然沒有跟著我回到我的私人靈靈棲，你要知道，我不會對我見到的每位幽靈發出邀請函，試想一下，如果有個沒有踏地人能進入的密室被幽靈傳了出去，我就

慘了！但是你卻不想和我一起進去。」

　　「不是我不想跟你進去，」凱斯的視線往下飄移：「只是……我有點不喜歡穿越牆壁的感覺。」

　　「你不能穿越牆壁？」貝奇瞪大雙眼看著凱斯。

　　「我沒有說我不能穿越，」凱斯說：「我只是說我不喜歡。」

　　「嗯……」貝奇說：「所以你寧願跟那個踏地女孩在一起，也不願意穿越牆壁。」

　　「這個嘛……」凱斯說，其實他確實寧願選擇跟克萊兒在一起，也不要穿越牆壁。

　　「你好像不太喜歡踏地人，對不對？」凱斯說。

「不喜歡。」貝奇說，絲毫不覺得失禮。凱斯也不意外，幽靈大多都這樣想。

「所以你才在圖書館裡發光嗎？」凱斯問：「是不是為了嚇跑那些踏地人呢？」

「什麼？我在圖書館裡從沒有發過光，」貝奇說：「我有二十年都沒有發過光了，都不知道自己還能不能這樣做。」

「真的嗎？」凱斯說。

貝奇聳著肩說道：「我為什麼要發光呢？你的踏地人朋友可以看得到我們，就讓我夠煩了，為什麼我還要在其他踏地人面前現身？」

如果貝奇不是圖書館幽靈，那又會是誰呢？

＊　＊　＊　＊　＊　＊　＊　＊　＊　＊

凱斯等不及告訴克萊兒剛才發現的事，貝奇

不是圖書館幽靈。

凱斯沿著樓梯飄上樓，一路飄過客廳，再到有許多扇門的走廊，依然都緊緊地挨上。克萊兒一定還在睡覺，**她會一整個晚上都在睡覺嗎？**

當凱斯在二樓走廊飄上又飄下，等著克萊兒停止睡覺時，他聽到一種噪音，聽起來有點像踏地人的走路聲。好像是從樓下傳來的，也可能是從外面傳來的。

但是他們愈來愈接近了。

更靠近了。

凱斯飄到樓梯旁看看到底發生了什麼事。

通往外面的門緩緩地打開，一個黑影出現在通廊的地板上，黑影開始變大……愈來愈大……直到那扇門完全敞開，然後克萊兒的媽媽和爸爸

走了進來。

「我好累。」克萊兒的媽媽將兩人身後的門關上後說道。

「今晚真的很漫長，」克萊兒的爸爸打著呵欠說道，他瞥了非文學類圖書室一眼，「看來媽媽又留了一盞燈。」他走進房間，將燈熄了。

「嘿！」凱斯聽到貝奇大聲喊道：「我還在看書耶！」

不過，克萊兒的父母當然聽不見他的聲音，克萊兒爸爸回到圖書館通廊，把一隻手攬住克萊兒媽媽的雙肩，然後兩人一同踏上樓梯走向二樓。

他們直接與走廊上的凱斯擦身而過。

克萊兒爸爸打開其中一道關著的門，但是克萊兒媽媽沒有走進去，「我馬上就來，」她說：「我

想先看一下克萊兒。」

　　凱斯跟著克萊兒媽媽到隔壁一道關上的門旁，就是他之前聽到傳出細微隆隆聲的地方，她打開門，然後凱斯跟著她飄進房間裡。

　　克萊兒躺在一個奇怪的大箱子上面，但是他只能看見她的頭，一張大大的毯子蓋住了她的身體，那隻黑貓索爾，蜷著身子趴在克萊兒身旁的毯子上，牠瞇著眼睛瞪著凱斯。

　　凱斯飄得靠近了一些，他看到克萊兒的眼睛閉著，那陣輕柔的隆隆聲是從她的鼻子傳出來的，這就是克萊兒說的「睡覺」嗎？

　　太有趣了，凱斯心想。

　　他看著克萊兒媽媽彎下腰親了克萊兒的額頭，就像他媽媽常對他做的一樣。

但是克萊兒甚至不知道她的媽媽在旁邊，好像她身體的開關被切掉了一樣。

索爾坐起來對著凱斯低聲嘶吼。

凱斯往後飄了一點。

「索爾，怎麼了？」克萊兒的媽媽對著黑貓輕聲說：「你是不是看到窗外的東西了？」她轉身，眼睛視線穿過凱斯。

黑貓從床上一躍而下，然後踱步走出房間，

克萊兒媽媽聳聳肩，接著也離開了，順手帶上了身後的門。

又一次，凱斯再度和克萊兒困在同個房間裡，但是這次他一點也不介意。他覺得和克萊兒在一起比較不寂寞，而且只要克萊兒停止睡覺，他就能告訴她，他手上有貝奇不是圖書館幽靈的證據。

第八章

幽靈重返

「那不算證據耶。」幾個小時後，克萊兒這麼說道。她終於停止睡覺了，凱斯才剛告訴她關於他和貝奇的之前的談話。

凱斯無法理解，「貝奇跟我說過，他有一陣子沒在圖書館發光了，而且他超過二十年都沒做過這件事，他甚至不確定自己還能不能發光。為什麼這樣不能成為貝奇不是圖書館幽靈的證據

呢？」

「因為有時候嫌疑犯會說謊。」克萊兒說。

為什麼貝奇要說謊呢？

當天早上稍晚時，克萊兒奶奶請她幫忙把書歸位，正當克萊兒把一車的書從一個房間推到另一個房間時，凱斯一路飄在她身後。

「也許圖書館裡有其他幽靈，」兩人從圖書館通廊進入工藝室時，凱斯這麼說著，「有一個

不是貝奇、不是我或也不是芬恩的幽靈。」

「可能吧，」克萊兒說，她拿起推車上的一本書然後放到書架上，「但是如果這裡有其他幽靈，我想我會知道啊。」

「我不知道，這個地方很大。」凱斯手臂伸得很長，「幾乎和我的舊靈靈棲一樣大了，而且妳只有一個人，不可能同時出現在很多地方，另一個幽靈如果真的想要躲著妳也有可能吧。」

「確實有可能，」克萊兒說：「不過也有可能是貝奇對你說了謊，而且他就是一直以來發光的那個幽靈。」

貝奇突然穿過克萊兒前的那面牆衝出來大吼：

「妳剛剛說我是騙子嗎？」

克萊兒和凱斯都嚇了一跳。

貝奇把身體膨脹得幾乎和房間一樣大，**「我……不發光……也沒有……說謊！」**凱斯彷彿看到貝奇的耳朵氣到冒出煙了。

　　突然間，圖書館又變暗了，而且他們都聽到陰森森的嗚——！

　　凱斯和克萊兒互看對方。

　　「是你發出來的嗎？」克萊兒問貝奇，「是你把燈全部關掉了嗎？」

　　「妳有看到我把燈關掉嗎？」貝奇問：「我一直在這裡，就飄在你們眼前。」

　　「你還是能做到啊，」克萊兒說：「我知道你很生氣，幽靈生氣時不是能做出很多瘋狂的事嗎？」她轉向凱斯，希望獲得他的認同。

「妳指的瘋狂，是沒有按壓電燈開關卻能讓燈熄滅嗎？」貝奇問：「小妞，幽靈的事妳還要多學著點呢！」

「不要叫我『小妞』！」克萊兒說，身體往前傾。

嗚嗚嗚——！

「快看！」通廊傳出一個聲音，「那就是幽靈！」

凱斯、克萊兒與貝奇加快速度跑到黑漆漆的

通廊，他們在盆栽上方看到一個像幽靈的影子，但在他們之中有人能靠近看仔細之前，這個鬼影就消失了。

怪了，凱斯心想，幽靈只要停止發光，房間內的踏地人就會認為幽靈消失不見了，但是像凱斯和貝奇的幽靈，應該能在幽靈停止發光後還是看得見他才對。哪一種幽靈可以在其他幽靈面前消失不見呢？

「現在妳終於相信我不是圖書館幽靈了吧？」貝奇問克萊兒。

嗚嗚嗚──！

好幾位踏地小孩從兒童圖書室跑到通廊上，「我覺得幽靈跑到那裡了。」其中一個小孩尖叫後指著兒童圖書室說。

「你看見他了？」有位少年問。

「沒有，但是我聽到他的聲音了，你沒聽到嗎？」

嗚嗚嗚——！幽靈的哭嚎聲好像真的是從兒童圖書室裡傳出來的。

「這個幽靈一定是很差勁的幽靈，」貝奇跟著凱斯和克萊兒飄進兒童圖書室時抱怨著，「這是我聽過最糟糕的哭嚎聲了。」

嗚嗚嗚——！凱斯、克萊兒和貝奇環顧四周，哭嚎聲似乎是從房間中央的一張大書桌上傳

出來的，但是凱斯沒有看見任何幽靈。

電燈又亮了起來，凱倫奶奶說：「大家別擔心，幽靈已經跑走了，現在沒事了。」

「我不知道這裡是怎麼一回事，靈斯東女士，」一名穿著西裝的踏地人男子說，「要是這裡鬧鬼事件層出不窮的話，我們可能需要關閉這棟圖書館了。」

「關閉圖書館？為什麼？」凱倫奶奶問。

「我們不想讓小孩子害怕到圖書館。」那個男子說。

「我才不怕到圖書館呢。」其中一個踏地小孩說。

「我也不怕，我不怕鬼。」另一個小孩露出缺了牙的笑容說：「我喜歡幽靈！」

那個男子緊閉雙唇，看起來非常嚴肅，「如果繼續出現鬧鬼的情況，」他警告：「我會跟圖書館董事會談談。」

＊　＊　＊　＊　＊　＊　＊　＊　＊　＊　＊

「你聽到那個男人說了什麼嗎？」克萊兒在三人回到工藝室時，問起凱斯和貝奇，「如果鬧鬼事件不停止，圖書館可能要關閉了。」

「很好！圖書館能關閉最好。」貝奇說。

「什麼？為什麼？」克萊兒問。

「因為我終於能安靜看完我的書，不論白天還是晚上，都沒有人會把我的書拿走然後放回原處。」說完這句話後，他就消失在書架後方了。

克萊兒跟著他，「貝奇，我要跟你說一件事，」她對著書架後方大喊：「這些是我們的書，

不是你的書。」她轉向凱斯,「如果貝奇沒有發光、發出哭嚎聲和做其他的事,我們必須找出是誰做的,我們要找到真的圖書館幽靈,要他停止這種行為,那位先生才不會讓圖書館關門。你願意幫我嗎?」

「當然。」凱斯說。

但是要如何才能找到沒有留下任何線索的幽靈呢?而且還是連其他幽靈也看不見的幽靈。

「妳在這裡啊。」克萊兒媽媽把頭探進工藝室時說,克萊兒爸爸站在她身後,「妳爸爸和我要去工作了。」

「好。」克萊兒說。

「親愛的,妳知道,」克萊兒的媽媽在門口徘徊說道:「當偵探沒有妳所想的這麼刺激。」

「沒錯，」她的爸爸附和著說：「很多時候，我們只能坐著等事件發生。」

克萊兒媽媽親了親克萊兒的臉頰，然後她和克萊兒爸爸離開了。

「我才不管他們要不要讓我在偵探公司幫忙呢，」克萊兒說：「現在我們有自己的案子要解決。」

「對，」凱斯說，飄回來靠近克萊兒說道：「而且他們讓我想到一個方法，我知道怎麼做才能抓到圖書館幽靈了。」

第九章

埋伏監視！

「**我**們要跟妳爸媽做一樣的事，」凱斯告訴克萊兒：「我們必須盯著大家看到幽靈出現的地方，然後等著他再次現身。」

克萊兒露齒微笑說：「沒錯，我們知道他會在哪邊出現，」她抓起背包然後走出去到通廊上，指向一處，「大家總是看到他出現在這裡，就在盆栽上方，」她走到矮凳旁後坐了下來。

凱斯在她身後飄著，一邊留意盆栽，一邊注意通往外面的門。有時候，在凱斯沒留意時，那扇門會打開，他只要待在矮凳的後方就很安全，不用怕被外面的風帶走。

　　他們盯著看也等了很久，不過什麼事都沒發生。

　　克萊兒打開背包，拿出一個閃亮的紅色球體，凱斯看著她把紅球放進嘴巴裡咬了一口。

　　「你要吃嗎？」她在咬了兩口後，把東西拿到凱斯面前問。

　　「那是什麼？」凱斯問。

　　「一顆蘋果，你之前沒有吃過蘋果嗎？」

　　凱斯從來沒有吃過任何東西，幽靈不需要進食。

「如果你不吃東西，怎麼會吐得出東西？」

克萊兒問：「你吐的東西是什麼？」

凱斯聳肩，「我的內在。」

克萊兒和凱斯接下來的整個下午都待在通廊裡，有很多很多的踏地人經過那裡，有些人和凱倫奶奶一樣，經過不只一次了。

但是沒有幽靈飄過去。

隔天，凱斯和克萊兒再度守著通廊。

還是沒有幽靈，但是曾是屋主的女士進到圖書館了，凱斯不確定那位老奶奶有沒有看見克萊兒坐在矮凳上，雖然克萊兒不是幽靈。

那位老奶奶一手拄著拐杖，另一手拿著放大鏡，她搖搖晃晃地走到盆栽旁，透過放大鏡仔細地看。

凱斯和克萊兒互看一眼，**這位老奶奶在做什麼呢？**

克萊兒清清喉嚨。

「我的老天爺啊！」那位老奶奶說，「妳把我嚇得半死。」

「抱歉，」克萊兒說：「妳在做什麼呢？」

「那天我在這裡掉了一只耳環，」老奶奶說：「我想找回來，但是我太老了，沒辦法趴在地板上找。」

　　「我不老，」克萊兒說，把手腳趴在地板上，「也許我可以幫妳找回來。」

　　凱斯沿著她身旁的地板飄來飄去。

　　「妳的耳環看起來是怎樣的呢？」克萊兒問。

　　「它圓圓的，上面有藍色和銀色的珠寶。」老奶奶說。

　　「是不是這個？」凱斯問，他在一個小小、

亮晶晶的物體上方盤旋。

克萊兒抓住那個東西，「找到了。」她說，把東西交給老奶奶。

「喔，謝謝妳，小可愛。」她說。

「嗯，」凱斯在那天快結束時說：「也許我們沒有解決圖書館幽靈的案子，但是我們破了老奶奶的耳環失蹤案。」

第三天時，凱倫奶奶說：「克萊兒，妳在做什麼？為什麼每天都坐在這裡？如果妳不想在圖書館工作，為什麼不出去外面玩呢？」

「我不喜歡在外面玩。」克萊兒說。

「胡說，每個人都喜歡在外面玩，妳應該要出去外面呼吸點新鮮空氣。」

「我會考慮一下。」克萊兒說，但是仍然坐

在位子上不動。

後來，貝奇加入了通廊上的凱斯和克萊兒，「你們兩個每天坐在這裡做什麼呢？」他問：「不覺得非常的無聊嗎？」

「我們在等著圖書館幽靈出現。」克萊兒說。

「你們兩個坐在這裡，他怎麼可能會想現身？」

「這句話是什麼意思？」克萊兒問：「我們坐在這裡，為什麼他就不會出現？」

「因為那個『幽靈』可能不像凱斯和我一樣是真的幽靈。」貝奇說：「可能只是踏地人假扮成的幽靈。」

「你明知道我討厭那個詞，貝奇。」克萊兒說，直瞪著他。

「克萊兒，等一下，」凱斯說：「貝奇也許說對了，假如那個『幽靈』不是真的幽靈呢？」

克萊兒認真地思考了一下，「這樣的話，他就不可能在我坐在這裡時現身。」她終於得出結論，「因為他不想要我看到他，他不想被我發現他不是真的幽靈。」

「對。」凱斯說。

「我們必須躲起來，」克萊兒說，她看看四周，把眼神定在樓梯的上方，「我知道最佳的藏身處，跟我來！」

凱斯跟著克萊兒快步飄上樓梯，然後她拉開樓梯上方的一扇門，跑進壁櫥裡。

那裡很空曠，除了兩條毯子外，沒有擺什麼東西。

「有時候，我想監視我爸媽時會躲在這裡，」克萊兒告訴凱斯：「但是我不確定這裡能不能大到容納得下我們兩個。」

「當然沒問題，」凱斯說：「我可以縮小，妳還記得嗎？」他吸氣將自己的身體愈變愈小……愈來愈小，直到可以縮在壁櫥的一角。

克萊兒微笑說：「你有這種能力真的太酷了！」她把綠色背包丟進壁櫥，接著爬進去。她關上壁櫥門板，不過裡面也不是全暗的，有好幾道圓圓的光線從壁櫥後方的小洞射進來。

「你看！透過其中一個小洞就可以看到整個通廊。」克萊兒說，她把眼睛靠在其中一個小孔上。

「這些洞是妳用的嗎？」凱斯靠在另一個小

洞上時問道。

「我？才不是！」克萊兒說：「但是這些洞用來監視剛剛好，不是嗎？我猜不論是誰打這些洞，應該也是像我們一樣的偵探，也許這就是他們的祕密藏身處。」

「可能吧。」凱斯說。

凱斯和克萊兒看了很久也等了很久。

克萊兒換了姿勢，「開始有點無聊了，」她過了一會承認說：「還好我在這裡還有其他事可以做。」她打開包包抽出一個奇怪的物品。

「那是什麼？」凱斯問。

「這叫作手電筒。」克萊兒說，她按了一下側邊的按鈕，然後就有光線傾瀉而出了。

凱斯瞇著眼睛看著那道光線，「妳可以用它

做什麼呢？」

「可以做很多事，」克萊兒說：「大部分的時候，它用來照亮像這裡暗暗的地方。」

凱斯瞄了一眼她的綠色背包，「妳的包包裡面怎麼什麼都有？」

克萊兒笑了，「這是我的偵探背包，優秀的偵探要做好萬全準備。」她說：「讓我示範給你看看手電筒的其他用處，」她伸出兩根手指頭，然後把手電筒放在一旁照著她的手。「你看！」

凱斯看到壁櫥牆壁上出現圓形的光影，圓圈的中央有著黑黑的影子，看起來像是一隻跳躍的兔子。

「這是我的影子，」克萊兒說，「我也會比鱷魚喔。」她改變了手的位置。

「鱷魚是什麼？」凱斯問，他從來沒有看過

壁櫥牆上，克萊兒手勢投射出的動物形狀。

「牠是一種住在佛羅里達的爬蟲類動物。」

克萊兒解釋。

其實凱斯也不知道佛羅里達是什麼。

「現在是一匹馬，」克萊兒說，「訣竅在於

你怎麼握住手。」

凱斯看得入迷了。

「你想不想試試看？」克萊兒問：「像這樣握住你的手，然後你也能比出一匹馬。」

凱斯把手指彎成和克萊兒一樣，然後把手腕稍微往下斜擺，克萊兒用手電筒的燈光照在他的手上，不過沒有出現陰影。

「喔，」克萊兒有點失望地說：「幽靈沒有陰影，我早該知道這點才對。」她抽出紀錄本然後把這件事寫下來。

「喔，也是。」凱斯聳聳肩，就算他自己辦不到，但是看著克萊兒用雙手比出動物形狀的陰影他也很開心。

克萊兒又換了一個姿勢，「我的腿開始痠

了，」她說，把手電筒關掉，「我覺得今天晚上也不會出現圖書館幽靈了，也許我們該放棄了。」

就在她說這句話的同時，圖書館的電燈都暗下來了，然後凱斯和克萊兒聽到同樣的幽靈哭嚎聲，**嗚嗚嗚——**！他們透過壁櫥牆的小洞窺視，在他們的下方，有個影子衝過通廊。

第十章

好夥伴

克萊兒抓住剛剛關掉的手電筒，她推開壁櫥的門板，在黑暗中奮力衝下樓，凱斯緊飄在她身後。貝奇盤旋在通往外面的大門上方，他沒有發光，所以凱斯和克萊兒可以看見他，不過圖書館的其他人不可能看得見他。

另一個幽靈出現在盆栽上方，就在凱斯、克萊兒和貝奇之前看見的地方，除了一點，它看起不來太像幽靈，比較像是……一團白霧。

一個踏地人的身影踮著腳尖遠離「幽靈」，

然後走向凱斯和克萊兒的方向。

　　「啊哈！抓到你了！」克萊兒打開手電筒時

大叫，燈光就照在⋯⋯克萊兒奶奶身上！

「我就知道，」貝奇用著平淡無奇的語調說：「是假裝成幽靈的踏地人。」

同時，一個矮小的踏地男孩從兒童圖書室發出尖叫聲，「幽靈！我看見圖書館幽靈了！」他指著凱倫奶奶和克萊兒身後的白霧說。

凱倫奶奶轉身，她兩手掩著兩頰說，「我也看到了！」她在好幾個踏地人跑過來時說。

但是她只是在假裝而已！這裡沒有幽靈，就算其他踏地人不知道，但是凱斯和克萊兒很清楚。

凱倫奶奶對著克萊兒微微地搖頭，然後把食指放在唇上比出「噓」的樣子。

在霧中出現的「幽靈」也消失了。

「他跑去哪裡了？」穿著紅色上衣的踏地小男孩問，他生氣地跺腳，「為什麼幽靈總是在我

看見他之前就消失了？」

「我覺得幽靈可能不想被太多人看見。」凱倫奶奶說，她打開樓梯底下的門，然後輕推了開關，通廊又亮了起來。

「也許我們下次來圖書館就能看見幽靈了。」一名踏地小女孩和她的媽媽一起走出門外時說。

當大家都離開圖書館時，克萊兒說：「奶奶！妳就是幽靈。」

凱倫奶奶紅著臉說，「對，」她承認道：「就是我。」

「但是為什麼？」克萊兒問，「為什麼妳要假裝成幽靈？而且妳是怎麼辦到的？妳是怎麼讓幽靈出現的？妳是怎麼發出幽靈的哭嚎聲？妳如何讓燈光全部熄滅？妳是怎麼同時間做到這些事呢？」

「天啊，好多問題啊，」凱倫奶奶不知所措地笑著說：「如果妳答應我不會告訴任何人我接下來要說的話，我就回答妳的問題，妳願意遵守承諾嗎？」

克萊兒點點頭。

「好吧，」凱倫奶奶她帶著克萊兒走到盆栽旁邊，「首先，盆栽裡面藏著煙霧機，所以那天我不想讓妳到處翻來翻去。」她把一些土撥到旁邊，直到土裡面出現一個紅色按鈕，「這就是打開煙霧器的按鈕。」

克萊兒一按下按鈕，那個「幽靈」又出現在盆栽旁邊了。

「那麼又要怎麼解釋電燈和聲音呢？」克萊兒問：「妳要如何把電燈全部關掉，還有製造幽

靈的聲音？」

凱倫奶奶帶著克萊兒走到兒童圖書室隔壁，她自己的辦公桌旁，凱斯和貝奇一起飄在她們身後。

「遙控器，」凱倫奶奶說，她打開最上層的抽屜說：「不要按這個按鈕，這是讓燈光全部熄滅的開關，但是你可以按另一個按鈕。」

克萊兒按下按鈕。

他們聽到幽靈般的哭嚎聲**嗚嗚嗚——！**從凱倫奶奶桌上的盒子裡傳了出來。

「我就說這個聲音聽起來不像真的幽靈。」貝奇嘟囔地說，然後他就飄走了。

「但是奶奶，為什麼？妳為什麼要這麼做？」克萊兒問：「妳不擔心那位先生會讓圖書館關門嗎？」

凱倫奶奶微笑地說：「不怕，我覺得大家很喜歡圖書館幽靈的傳說，事實上，也許他們更常來圖書館的原因，就是想要一瞥幽靈的真面目。阿爾根先生也許會向圖書館董事會抱怨這件事，但是董事會絕對不會贊成關閉圖書館的。」

　　「妳確定嗎？」克萊兒問。

　　「我很確定。」凱倫奶奶說。

＊　＊　＊　＊　＊　＊　＊　＊　＊　＊　＊

　　當天稍後，凱斯和克萊兒在塔樓談話時，凱斯說：「我猜我們已經解決了妳的鬧鬼圖書館案件了。」

　　「我知道我們辦得到，」克萊兒開心地說。她看向凱斯，「雖然我們解決了案件，但是你看起來不太開心。」

凱斯聳聳肩，「解決了案件我很開心啊，但是我很想念我的家人，而且我也想念之前的靈靈棲。」

　　「你想要在這裡待多久都可以喔，」克萊兒說：「也許圖書館可以成為你的新靈靈棲。」

　　「也許吧，」凱斯說：「謝謝妳安慰我，但是我在想以後還會有機會見到家人嗎？」

　　克萊兒坐在搖椅上來回搖，「我也在想這件事。」她說。

　　「真的嗎？」

　　「對，嗯，應該說這件事跟圖書館幽靈的案子。」克萊兒停下搖椅轉向凱斯，「我覺得你和我應該開一間偵探社，和我爸媽的一樣，只是我們專門解決幽靈案件。我們可以稱自己叫做『C&K 幽靈偵探塔樓，C 代表克萊兒，K 代表凱

斯，你覺得呢？」她看起來對這個想法很興奮。

「但是妳的爸媽說妳年紀太小，還不能當偵探。」凱斯說。

「我年紀才不小，」克萊兒堅決地說：「而且你年紀也不小，你想想看，如果我們變成幽靈偵探，就能找到你的家人。」

「真的嗎？」凱斯聽到這句話就開心了起來，實際上，他高興得差點發出光來了。

「對，如果有人的家裡有幽靈，他們就可以找我們去一探究竟，然後看看是否是你的家人。」

凱斯很喜歡這個主意，真的很喜歡。

「而且我們肯定可以賺一大筆錢。」克萊兒說。

「錢？那是什麼？」凱斯問。

「你不知道錢是什麼？」克萊兒盯著他看。

「不知道。」

克萊兒笑出來說：「凱斯，除了你的舊靈靈樓，外面的世界你還有很多東西要學呢。不過不用擔心，我會教你所有你需要知道的事。」克萊兒伸出手來，「夥伴？」她問。

凱斯伸出幽靈的手和克萊兒的手擊掌，「是朋友。」他說。

國家圖書館出版品預行編目資料

鬧鬼圖書館 / 桃莉・希列斯塔・巴特勒（Dori Hillestad
Butler）作；奧蘿・戴門特（Aurore Damant）繪；范雅婷譯.
-- 臺中市：晨星，2018.04-
　　冊；　公分.--（蘋果文庫；93）
　　譯自：The haunted library
　　ISBN 978-986-443-412-1（第1冊：平裝）

　　874.59　　　　　　　　　　　　　107001669

蘋果文庫 093

鬧鬼圖書館 1
The Haunted Library #1

作者｜桃莉・希列斯塔・巴特勒（Dori Hillestad Butler）
譯者｜范雅婷
繪者｜奧蘿・戴門特（Aurore Damant）

責任編輯｜呂曉婕
封面設計｜伍迺儀
美術設計｜曾麗香
文字校對｜陳品璇、呂曉婕

創辦人｜陳銘民
發行所｜晨星出版有限公司
行政院新聞局局版台業字第2500號
晨星網路書店｜www.morningstar.com.tw
法律顧問｜陳思成律師
郵政劃撥｜15060393（知己圖書股份有限公司）
讀者專線｜04-2359-5819#212

印刷｜上好印刷股份有限公司

出版日期｜2018年4月1日
再版日期｜2023年11月1日（四刷）
定價｜新台幣160元

ISBN 978-986-443-412-1
This edition published by arrangement with Penguin Workshop, an imprint of Penguin
Young Readers Group, a division of Penguin Random House LLC.
The Haunted Library #1
Text copyright © Dori Hillestad Butler 2014
Illustrations copyright © Aurore Damant 2014
Complex Chinese edition copyright © 2018 MORNING STAR PUBLISHING INC.

蘋果文庫 悄悄話回函

親愛的大小朋友：

感謝您購買晨星出版蘋果文庫的書籍。歡迎您閱讀完本書後，寫下想對編輯部說的悄悄話，可以是您的閱讀心得，也可以是您的插畫作品喔！將會刊登於專刊或FACEBOOK上。

★ 購買的書是：**鬧鬼圖書館1**

★ 姓名：_____　★性別：□男 □女　★生日：西元_____年__月__日

★ 電話：_____　★e-mail：_____

★ 地址：□□□ _____ 縣/市 _____ 鄉/鎮/市/區
　　　　　_____ 路/街 ___ 段 ___ 巷 ___ 弄 ___ 號 ___ 樓/室

★ 職業：□學生／就讀學校：_____　　□老師／任教學校：_____
　　　　□服務 □製造 □科技 □軍公教 □金融 □傳播 □其他_____

★ 怎麼知道這本書的呢？
　　□老師買的 □父母買的 □自己買的 □其他_____

★ 希望晨星能出版哪些青少年書籍：（複選）
　　□奇幻冒險 □勵志故事 □幽默故事 □推理故事 □藝術人文
　　□中外經典名著 □自然科學與環境教育 □漫畫 □其他_____

★ 請寫下感想或意見

立即填寫線上回函
領取晨星網路書店
50元購書金

407　台中市工業區30路1號
晨星出版有限公司

TEL：（04）23595820　　FAX：（04）23550581
e-mail：service@morningstar.com.tw
http://www.morningstar.com.tw

請延虛線摺下裝訂，謝謝！